감사의 마음을 전할 수 있는
오늘 하루가 참 행복합니다

                                                님께

_____

_____

_____

                                                드림

마음이 따뜻해지는 **영화 속 명대사**

허그 *Hug*

Contents

06 검을 사용함에 있어 진정한 용기는...

08 미쳤다고 생각하고 20초만 용기를 내봐.

10 나이가 들었다고, 해선 안 되는 건 없어.

12 운명 따윈 없어. 모든 건 선택이야!

14 살아가면서 너무 늦거나 이른 것은 없단다.

16 이제 어깨를 누르는 짐을 벗어버릴 시간...

18 진짜 실패자는 도전조차 못하는 사람이야.

20 '넌 할 수 없어'란 말을 못하게 해!

22 넘어져도 다시 일어나면 더 멀리 뛸 수 있어.

24 가야 할 때 가지 않으면...

26 질 때도 있는 거지...

28 기적을 보고 싶나? 스스로 기적이 되게!

30 강한 힘에는 그만큼의 책임이 따른다.

32 인간은 섬이 아니에요.

Hug

마음이 따뜻해지는 **영화 속 명대사**

Aug

34 할 수 있다는 강한 의지와 믿음은...

36 당신의 있는 모습 그대로를 사랑해요!

38 손가락이 천국을 가리킬 때...

40 주먹을 꼭 쥐면 그 속엔 아무것도 없지만...

42 맞붙어 싸워봐야 자신이 누구인지...

44 네 잘못이 아니야!

46 당신은 나를 더 나은 사람이 되고 싶게 해요!

48 인생은 정말 아름다운 것이란다!

50 모든 것은 끝이 있어. 그래서...

52 희망한다, 희망한다...

54 인생은 초콜릿 상자와 같은 거란다.

56 실수해서 발이 엉키기 시작했다면...

58 카르페디엠! 지금 이 순간을 즐겨라

60 넌 유죄야! 인생을 낭비한 죄!

62 내일은 내일의 태양이 떠오를 거야!

영화 속 명대사
#01

영화 '호빗 : 뜻밖의 여정' 중에서

검을 사용함에 있어
진정한 용기는
죽이는 것이 아니라
살려줄 때를 아는 거야.

호빗 : 뜻밖의 여정(2012)
감독_ 피터 잭슨
출연_ 이안 맥켈런(간달프), 마틴 프리먼(빌보)

새로운 세상을 찾으러 떠난 호빗들의 여정을 담은,
60년 전으로 거슬러 올라간 '반지의 제왕'

"

인간의 절반 정도 되는 체격에 웬만해선 마을 밖으로 나오지 않는 겁 많은 난쟁이 종족 호빗. 이런 그들이 영토를 되찾기 위해 모험을 떠나다니, 그 자체가 뜻밖의 용기가 아닐 수 없습니다. 흉악한 괴수, 무서운 마법사들과 마주쳐야 하는 위험 가득한 여정 속에서 호빗 빌보는 숨겨져 있던 능력을 발견하게 됩니다.

하지만 정작 맞서 싸워야 할 상대는 적이 아니라 자기 자신이었죠. 막강한 힘을 얻는 대신 영혼의 피폐함을 감수해야 하는 절대 반지의 사악한 유혹, 정의롭지 못한 자들과도 함께 가야 하는가에 대한 자신 안에서의 갈등. 골룸과 대면하게 된 빌보는 "검을 사용함에 있어 진정한 용기는 살려줄 때를 아는 것"이라는 간달프의 말을 떠올리며 골룸을 살려줍니다. 그리고 그가 베푼 선한 마음은 60년 후 골룸에게 다시 보답을 받게 됩니다. 인생에서 진정한 용기란 어쩌면 누군가를 용서하는 마음인지도 모르겠습니다.

"

미쳤다고 생각하고
20초만 용기를 내봐,
상상도 못할 일들이
펼쳐질 거야.

우리는 동물원을 샀다(2011)
감독_카메론 크로우
출연_맷 데이먼(벤자민), 스칼렛 요한슨(켈리)

새로 이사한 집이 동물원? 야생 동물들과 동거하는
어느 가족의 폐장 직전의 동물원 살리기 프로젝트

영화의 주인공 벤자민은 식당에서 첫눈에 반한 여성에게 말을 걸
까말까 망설입니다. 그런 그에게 형은 눈 딱 감고 20초만 용기를 내
라고 충고해 줍니다. 벤자민은 20초의 용기를 내어 그녀에게 말을
걸고, 이것이 인연이 되어 그녀를 아내로 맞이하게 됩니다.

세상을 살다보면 왜 이렇게 망설여지는 일이 많은 걸까요?
무언가를 결정하고 그것을 실천하는 데까지
참 많은 고민과 걱정들이 따라다닙니다.

망설임은 용기의 가장 큰 적입니다. 망설이다 보면 미루게 되고,
미루다 보면 놓치게 되고, 결국 후회하게 되겠죠.
용기에는 많은 시간이 필요하지 않습니다. 단 20초면 됩니다.
20초의 용기로 소중한 아내를 얻은 벤자민처럼
눈 딱 감고 20초만 용기를 내보세요.
인생이 바뀌는 기적이 일어날지도 모릅니다.

영화 속 명대사
#03

영화 '하와이언 레시피' 중에서

나이가 들었다고,
해선 안 되는 건 없어.

하와이언 레시피(2009)
감독_사나다 아츠시
출연_오카다 마사키(레오), 바이쇼 치에코(비),
　　　키미 코이시(코이치)

하와이의 작은 마을 호노카아로 여행 온 청년과 마을
사람들이 펼치는 우정과 사랑 이야기

젊은 시절 남편을 잃고 혼자 살고 있는 비 할머니는 마을에 여행을 온 청년 레오에게 그동안 느껴보지 못했던 특별한 감정을 느낍니다. 그녀는 레오를 위해 정성스럽게 요리를 하고, 최신 유행하는 스타일로 헤어를 바꾸고, 처음으로 노란 원피스도 사서 입습니다. 레오 앞에서 비는 할머니가 아니라 한 명의 여자이고 싶습니다.

레오의 여자 친구에게 질투 어린 시선까지 보내는 비 할머니의 이런 모습들이 주책스러워 보이지 않는 것은, 나이를 떠나 그녀의 순수한 진심이 느껴졌기 때문일 것입니다.

이웃에 사는 코이치 할아버지의 말처럼

나이 들었다고, 해선 안 되는 일은 없으니까요.

혹시 나이라는 숫자에 갇혀 살고 있지는 않나요?

'내 나이가 몇인데~'라며 나만의 한계를 만들지는 않았나요?

나이의 틀을 깨보세요.

나이 때문에 못할 것은 아무것도 없습니다.

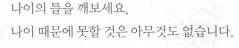

영화 속 명대사
#04 영화 '핸콕' 중에서

운명 따윈 없어.
모든 건 선택이야!

핸콕(2008)
감독_피터 버그
출연_윌 스미스(핸콕), 샤를리즈 테론(메리)

절대 능력을 가졌지만 천하꼴통에 사고뭉치인 핸콕의
슈퍼 히어로 정체성 찾기

"

핸콕은 모든 영웅의 능력을 다 가졌지만 괴팍한 성격과 과격한 행동으로 도움을 준 사람들에게조차 외면을 당합니다. 핸콕은 어느날 태어날 때부터 한 쌍으로 정해져 있던 운명의 상대 메리를 만나게 됩니다. 하지만 이들은 함께 만나 가까이 하게 되면 초능력과 영생력을 잃게 됩니다.

운명의 상대로 태어나 사랑을 이루고 죽는 것이 이미 정해져 있었지만, 이들은 운명 앞에 선택이라는 또 다른 카드가 있음을 깨닫습니다. 고독한 영웅이 되든 사랑하며 평범하게 살든 자신이 선택할 수 있으니까요. 결국 핸콕은 고독한 영웅을 택합니다.

인생도 마찬가지입니다. 지금 주어진 상황을 운명이라며 소극적으로 받아들이지 마세요. 자신의 운명은 자신의 선택으로 충분히 달라질 수 있습니다. 비록 영화 속 이야기이지만 불멸의 시간을 살아온 인생 선배 메리가 말해줍니다.

"무한한 세월을 살아오면서 얻은 교훈이 있다면
운명 따윈 없다는 거야. 모든 건 선택이야."

"

살아가면서
너무 늦거나
이른 것은 없단다.

벤자민 버튼의 시간은 거꾸로 간다(2008)
감독_데이빗 핀처
출연_브래드 피트(벤자민), 케이트 블란쳇(케이시)

여든 살의 노인으로 태어나 아기로 생을 마감하는
남다른 운명을 가진 남자의 거꾸로 가는 시간 여행

아기로 태어나서 한 살 한 살 나이를 먹어가고, 늙어서 생을 마감하는 것이 세월의 순리입니다. 하지만 벤자민의 시계만은 거꾸로 흘러갑니다. 동안이 대세인 요즘이라면 점점 어려지는 그의 삶이 부러울 수도 있을 것 같습니다. 하지만 딸에게 아버지 노릇도 해줄 수 없고, 아내와 함께 황혼을 보낼 수도 없는 그에게 역행하는 세월은 원망스럽기만 합니다.

그런 그가 성장하는 모습을 곁에서 지켜주지 못해 미안한 딸에게 편지를 남깁니다. 꿈을 이루는 데 있어서 데드라인은 존재하지 않는다고 말이죠. 그는 딸이 시간에 쫓겨 무리하게 무언가를 시작하거나 너무 늦었다고 후회하는 삶이 아닌, 삶 자체를 즐기고 행복을 만끽하기를 바랍니다. 시간에 구애받는 삶은 가능성마저 차단하는 한계를 줄 뿐이니까요.

영화 속 명대사
#06
영화 '안경' 중에서

이제 어깨를 누르는
짐을 벗어버릴 시간,
나에게 너그러워질 수 있는
용기를 다오.

안경(2007)
감독_오기가미 나오코
출연_코바야시 사토미(타에코), 카세 료(요모기)

세상에서 가장 조용한 바닷가에서 '쉼'이라는
무형의 가치를 발견하는 힐링 캠프

우리는 일상의 무게를 짊어지고 살아갑니다.

어김없이 울리는 알람 소리에 졸린 눈을 비비고 일어나 출근길 지하철에 몸을 싣기 위해 사람들과 실랑이를 벌이는 아침은 이젠 익숙합니다. 늦은 야근에도 끝내지 못한 일을 걱정하며 도착한 회사에서는 상사의 호출이 가장 먼저 맞아줍니다.

상사의 꾸지람이라도 듣는 날이면 모든 것을 던져버리고 떠나고 싶을 때가 한 두 번이 아닙니다. 하지만 그 모든 것을 버릴 용기조차도 없는 것이 현실입니다.

휴대폰이 터지지 않는 조용한 곳을 찾아 남쪽의 조그만 섬으로 떠나는 영화 속 타에코처럼 과감한 일탈을 할 수 없지만 나에게 스스로를 위로하는 잠깐의 시간을 줄 수는 있습니다. 어깨를 누르고 있는 짐을 잠시 내려놓으세요. 조금은 못나고, 조금은 부끄러운 자신의 모습을 너그럽게 바라보는 힐링의 안경이 필요할 때입니다.

진짜 실패자는
지는 게 두려워서
도전조차 하지
못하는 사람이야.

미스 리틀 선샤인 (2006)
감독_조나단 데이턴, 발레리 페리스
출연_아비게일 브레스린(올리브), 앨런 아킨(할아버지)

막내딸 올리브의 미인대회 출전을 위해 고물 버스에
몸을 실은 문제 가족의 험난한 여행기

여자 아이라면 한 번쯤 미인대회에 나가 왕관을 차지하고 싶은 소망이 있습니다. 올리브도 또래의 아이들이 그러하듯 미인대회 출전을 꿈꾸는 소녀입니다. 또래 아이보다 조금 통통하고 못생긴 올리브가 예쁜 어린이 선발대회에 나간다고 하니 가족 모두 부정적인 반응을 보입니다. 특히 순탄한 성공의 길만을 걸어온 아빠는 뻔히 보이는 결과에 실패할 거라며 겁부터 줍니다.

실패에 대한 두려움에 자신감을 잃은 올리브에게 올리브의 할아버지는 도전하는 것으로 충분히 성공한 것이라고 이야기해줍니다.

너무 뻔하게 보이는 승패, 이길 수 없을 것 같은 승부와 대면했을 때 실패가 두려워 시도조차 하지 않은 일들이 얼마나 많았습니까? 누구나 두렵기는 마찬가지입니다. 그래서 할아버지의 이 말이 우리의 등을 토닥여 주는 것 같습니다.
"진짜 실패자는 지는 게 두려워서 도전조차 하지 못하는 사람이야."

영화 '행복을 찾아서' 중에서

누구도 너한테
'넌 할 수 없어'란
말을 못하게 해!

행복을 찾아서(2006)
감독_ 가브리엘 무치노
출연_ 윌 스미스(크리스), 제이든 스미스(크리스토퍼)

절망의 끝에서 행복을 만들어 낸 어느 세일즈맨의
기적 같은 성공 실화

66

생일 선물로 농구공을 선물 받은 크리스토퍼는 아빠 크리스에게 농구선수가 되고 싶다고 자신의 꿈을 말합니다. 하지만 아들이 농구에 재능이 없는 것을 아는 크리스는 다른 길을 찾아보는 것이 좋겠다고 하죠. 풀이 죽은 아들을 보며 크리스는 아차 싶습니다. 모두가 불가능하다는 주식중개사의 꿈을 위해 고군분투하고 있는 자신의 모습이 비춰졌기 때문입니다. 크리스는 아들에게 그게 설령 아빠라도 꿈을 부정하는 말은 듣지 말라고 충고하죠.
꿈이 있다면 스스로가 지키고 쟁취해야 한다고요.

맞습니다. 자신의 꿈은 스스로 이루어 내야 합니다.
남들이 못할 거라고 해서 포기할 수는 없습니다.
자신의 능력을 가장 잘 아는 사람은 자기 자신이니까요.
누군가가 당신에게 "넌 할 수 없어"라는 말을 할 때,
진정한 청개구리가 되어보는 겁니다.

99

영화 속 명대사
#09　　영화 '블랙' 중에서

넘어져도
다시 일어나면
더 멀리 뛸 수 있어.

블랙(2005)
감독_산제이 릴라 반살리
출연_라니 무케르지(미셸), 아미타브 밧찬(사하이)

보지도 듣지도 못하는 소녀가 침묵과 어둠을 뚫고 세
상에 나와 불가능을 가능으로 바꾼 희망의 메시지

"

보지도 듣지도 못하는 소녀 미셸에게 세상은 온통 '블랙'입니다.
어떤 배움도 받아들이지 못해 동물과 비슷한 삶을 살고 있는 미셸
에 대한 마지막 배려로 부모님은 사하이 선생님을 모셔옵니다. 암
흑 속에서 헤어 나오지 못하는 미셸을 보고
선생님은 그녀의 빛이 되어주기로 결심합니다.
입술 모양을 만지며 단어를 배우면서 조금씩 세상을 알게 된 미셸
은 더 많은 것을 알고 경험하고 싶어 대학에 가려 하지만 번번이 낙
제 점수를 받습니다.

좌절하는 미셸에게 선생님은 다시 일어나라고 합니다. 선생님이
그녀에게 가르쳐 주지 않은 유일한 단어 '불가능'은 존재하지 않는
다고요. 그런 선생님이 준 깨달음 덕에 그녀는 넘어져도 웃으며 다
시 일어날 수 있는 강한 숙녀로 자라게 됩니다.

넘어져도 다시 일어나면 더 멀리 뛸 수 있는 기회가 생기는 것처럼
실패해도 시도를 멈추지 않으면
성공에 더 가까이 다가갈 수 있습니다.

"

가야 할 때
가지 않으면,
가고 싶을 때
갈 수 없단다.

세상에서 가장 빠른 인디언(2005)
감독_로저 도널드슨
출연_안소니 홉킨스(버트), 다이안 래드(에이다)

수십 년간 직접 튜닝해 만들어낸 오토바이로 속도의
한계에 도전하는 황혼의 열정

낡은 오토바이를 개조하는 데 평생을
보낸 버트는 질주 본능으로 충만한
황혼의 노인입니다. 오직 최고의 속도로
달리고 싶다는 소망 하나를 위해 평생을 살았고,
이를 이루기 위해 시속 1,000km까지 달릴 수 있는 세계 유일의 경기장 보더빌로 향합니다. 남들에게는 하찮아 보이는 단 5분의 질주를 위해 그는 모든 재산을 걸고 모든 열정을 다 쏟습니다. 그리고 신기록이라는 쾌거를 이루어 냅니다.
버트가 이렇게 갑작스럽게 미루던 꿈을 실현하게 된 것은 협심증으로 내년을 기약할 수 없게 된 상황 때문이었습니다. 그에게는 더 이상 미룰 수 없는 때가 온 것입니다.

모든 일에는 타이밍이 중요합니다. 그리고 타이밍을 놓치지 않기 위해서는 준비가 되어 있어야 합니다. 지금 바로 그 준비를 시작해 보세요. "나중에~ 나중에~"하며 미루다가는 정작 가고 싶을 때 가지 못할 수도 있으니까요.

영화 '밀리언 달러 베이비' 중에서

질 때도 있는 거지,
그걸 극복해야
챔피언이 될 수 있어!

밀리언 달러 베이비(2004)
감독_클린트 이스트우드
출연_클린트 이스트우드(프랭키), 힐러리 스웽크(매기),
　　　모건 프리먼(스크랩)

여자 복서와 한물 간 트레이너가 만들어가는
백만 달러짜리 감동의 드라마

영화의 제목 '밀리언 달러 베이비'는 1센트짜리 물건만 모아놓은 상점에서 백만 달러 이상의 값어치 있는 물건을 찾아낸다는, 전혀 기대하지 않았던 곳에서 보물을 얻어낸다는 뜻입니다.

서른한 살의 늦은 나이로 권투를 시작하겠다고 뛰어든 매기는 트레이너 프랭키의 밀리언 달러 베이비였습니다. 매기처럼 전승을 하는 뛰어난 실력자도 챔피언을 꿈꾸지만 재능 따위는 찾아볼 수 없는 얼뜨기 권투 지망생 데인저 역시 챔피언을 꿈꿉니다. 파리 잡는 것 같은 그의 잽은 사람들에게 놀림감이 되기 일쑤였습니다.

그런 그가 같은 체육관의 동료와 일대일 대결을 하고, 처참하게 KO되고 맙니다. 평소 그를 안쓰럽게 지켜보던 트레이너 스크랩은 쓰러져 있는 데인저에게 용기를 주는 말을 합니다.

누구나 질 수 있고, 이를 극복해야 챔피언이 될 수 있다고요.

우리는 실패를 통해서 성공에 다가서는 법을 배우게 됩니다.

그리하여 더 큰 실패에서 더 큰 성공의 길을 찾습니다.

실패의 낙차가 클수록 성공의 에너지는 더 커지니까요.

영화 '브루스 올마이티' 중에서

기적을 보고 싶나?
스스로 기적이 되게!

브루스 올마이티(2003)
감독_톰 섀디악
출연_짐 캐리(브루스), 모건 프리먼(신),

일주일 동안 전지전능한 신의 능력을 갖게 된
브루스의 뒤죽박죽 천지창조

66

뉴욕 지방 방송국 뉴스 리포터 브루스는 매사 자신에게 벌어지는 모든 일에 불평불만으로 가득합니다. 불행한 일이 일어날 때마다 신을 탓하던 그에게 어느 날 신을 만날 기회가 주어집니다. 그리고 신은 브루스에게 자신의 힘을 잠시 빌려주게 되죠.

전지전능한 힘을 갖게 된 브루스는 사람들이 원하는 것을 모두 들어주고 기적을 이루게 해주려고 합니다. 하지만 그러면 그럴수록 세상은 점점 엉망진창이 되어 갑니다. 그들이 원하는 일을 해줬을 뿐인데 왜 이렇게 세상이 뒤죽박죽인지 알 수가 없습니다.

신은 그들에게 진정으로 필요한 것을 줘야 한다고 충고하죠. 인간은 신이 기적을 이뤄주길 원하지만, 그 힘은 결국 인간 자신에게 있다는 것을 자각하지 못하고 있습니다.

신은 인간에게 기적을 주는 것이 아니라
기적을 만들 수 있는 기회를 주는 것입니다.

99

강한 힘에는
그만큼의
책임이 따른다.

스파이더맨(2002)
감독_샘 레이미
출연_토비 맥과이어(스파이더맨), 커스틴 던스트(메리)

왕따 당하던 소심한 대학생이 슈퍼 거미에 물려 인
생역전, 거대한 힘을 지니게 된 거미 인간의 정의 구
현을 위한 맹활약

이런 질문 한 번쯤 받아봤을 것입니다. "초능력이 생긴다면 어떤 능력을 갖고 싶어?" 현실적으로는 불가능한 일이지만 상상만으로도 즐겁습니다. 평범하다 못해 소심한 대학생 피터는 이런 상상이 이루어져 엄청난 능력을 갖게 됩니다. 처음에는 어리둥절했던 이 능력을 피터는 자신을 괴롭히던 아이에게 복수를 하거나, 짝사랑하던 메리를 위해 차를 사는 등 자신의 욕망을 위해서 씁니다.

하지만 어느 날, 자신을 괴롭히던 친구가 범죄의 표적이 된 모습을 모른 척 넘어가게 됩니다. 새옹지마일까요. 결국 그때의 그 범죄자로 인해 부모처럼 생각하던, 삼촌을 잃게 됩니다. 삼촌이 입버릇처럼 말하던 "강한 힘에는 그만큼의 책임이 따른다"는 의미를 깨닫게 된 순간이었습니다.

남들보다 뛰어난 능력과 높은 지위를 갖게 되면 자만하게 되고 거만해지기 마련입니다. 하지만 그 능력과 지위만큼 책임감을 가져야 한다는 것을 잊지 말아야 합니다.

처칠이 되느냐 히틀러가 되느냐는 종이 한 장 차이니까요.

인간은
섬이
아니에요.

어바웃 어 보이(2002)
감독_크리스 웨이츠, 폴 웨이츠
출연_휴 그랜트(윌), 니콜라스 홀트(마커스)

질척한 인간관계가 질색인 독신남과 우울증에 걸린
엄마를 둔 12살 소년의 우정과 성장 이야기

부모가 물려준 유산으로 쿨하게 백수 생활을 즐기는 윌은 어떤 인간관계도 맺고 싶어 하지 않는 자유인입니다. 어느 날 데이트에 동석한 여자친구의 친구 아들인 마커스를 알게 됩니다. 평소 심각한 우울증을 앓던 마커스의 엄마가 자살을 기도한 현장을 보게 된 윌은 마커스를 걱정하기 시작합니다. 의지할 사람이 필요했던 마커스도 윌을 찾아오고 마커스와 윌은 나이를 뛰어 넘은 우정을 쌓아 가게 됩니다.

윌은 그동안 인간은 섬이라며 누구와도 엮이지 않은 채 혼자만의 삶을 고집해 왔습니다. 하지만 마커스를 만나고 그의 인생에 관여하게 되면서 마음의 문을 열기 시작합니다. 그리고 더 많은 사람과 함께 하게 되면서 결국은 깨닫게 됩니다.
인간은 외딴섬이 아니라는 것을. 우리는 모두가 서로 연결되어 있고, 서로 교감을 나누고 있다는 것을.

영화 '드리븐' 중에서

할 수 있다는
강한 의지와 믿음은
감염되도 좋은
질병과 같은 것이야.

드리븐(2001)
감독_ 레니 할린
출연_ 실베스터 스탤론(조), 킵 파듀(지미)

세계적인 카레이싱 대회인 C.A.R.T 월드시리즈를 무대
로 펼치는 스피드에 목숨 건 레이서들의 꿈과 사랑

왕년에 잘 나가던 카레이싱 스타 조가 실의에 빠진 신인 레이서 지미에게 자신이 첫 우승 때 받은 트로피를 건넵니다. 목숨을 담보로 할 만큼 위험한 레이스의 세계에서 이들이 용감하게 질주할 수 있었던 힘은 '할 수 있다는 강한 의지'와 '자신에 대한 믿음'이었습니다. 그리고 그것을 서로에게 전염시키며 긍정의 바이러스를 만들어 냅니다.

서킷 주행과도 같은 인생의 레이스도 마찬가지입니다.
섣불리 시작하기 두려운 불확실한 일과 노력만큼 진행되지 않는 문제들로 인해 고민하고 있을 때 '희망과 자신감'으로 자신을 무장해 보세요.

그리고 뜻대로 되지 않는 일로 힘들어 포기하려는 자신에게 이렇게 말해보세요.
　　"할 수 있어. 끝까지 내 자신을 믿어보자."

당신의 있는 모습
그대로를 사랑해요!

브리짓 존스의 일기(2001)
감독_샤론 맥과이어
출연_르네 젤위거(브리짓), 콜린 퍼스(마크)

술과 담배를 친구 삼아 외롭게 살던 서른두 살 독신
녀의 눈물겨운 사랑 찾기 대작전

"

외로움을 달래려 혼자 먹는 술로 후덕해진 자신을 발견한 브리짓은 서른두 살 새해를 맞아 새로운 결심을 다집니다. 열심히 다이어트를 하고 날씬해져서 멋진 남자를 만나겠다고. 엄마의 성화에 못이겨 나간 파티에서 인권변호사 마크를 만나게 되지만, 고리타분해 보이는 그가 마음에 들지 않습니다. 그러다가 핸섬한 외모에 유머까지 넘치는 능력 있는 직장 상사 다니엘과 연인 관계로 발전하게 됩니다. 하지만 바람기를 주체하지 못하는 다니엘과 결국 헤어지게 됩니다.

배신감으로 힘겨워 하는 그녀의 곁을 지켜준 이는 평소 일기장에 고지식하다고 험담을 늘어놨던 마크였습니다. 그는 브리짓의 있는 그대로의 모습을 사랑한다고 고백합니다.

스마트폰의 옵션을 따지듯 조건을 따지며 사람을 만나는 요즘 세상에, 배경이나 조건이 아닌 사람 자체를 바라보는 것은 쉽지 않을 것입니다. 하지만 그 사람의 있는 모습 그대로를 알아가려는 노력은 필요하지 않을까요?

"

손가락이
천국을 가리킬 때
바보는
손가락을 쳐다보죠.

아멜리에(2001)
감독_장 피에르 주네
출연_오드리 토투(아멜리에), 마티유 카소비츠(니노)

다른 사람에게 행복을 찾아주는 기쁨으로 살아가는
엉뚱 발랄한 아멜리에의 풋사과 같은 사랑 이야기

어린 시절부터 외롭게 보낸 아멜리에는
혼자 있는 것이 익숙한 몽상가입니다.
그러던 어느 날 그녀의 심장을 뛰게 하는 한 남자를 만나게 됩니다.
기차역의 즉석 사진기에서 사람들이 찢어버린 사진을 모아 앨범을
만드는 괴상한 취미를 가진 니노. 우연히 니노가 떨어뜨린 앨범을
줍게 된 아멜리에는 자신만의 방법으로 앨범을 돌려주려고 그를 공
원으로 오게 합니다.
공원에서 아멜리에가 미리 만들어 놓은 화살표를 따라가던 니노는
한 동상 앞에서 끝나버린 화살표에 어쩔 줄을 몰라 합니다. 이를 지
켜보던 한 꼬마가 한심하다는 듯 쳐다보며, 동상만 보지 말고 동상
이 가리키는 곳을 보라고 말하죠.
바보는 손가락이 천국을 가리킬 때
천국이 아니라 손가락을 본다고요.

지금 무엇을 보고 있나요? 혹시 자신만의 틀에 갇혀서
자신이 보고 싶은 곳만 보고 있는 것은 아닌가요?
천국이 바로 저기에 있는데….

영화 '와호장룡' 중에서

주먹을 꼭 쥐면
그 속엔 아무것도 없지만,
손바닥을 펴면
온 세상이 그 안에 있다.

와호장룡(2000)
감독_이안
출연_주윤발(이모백), 양자경(수련), 장쯔이(용)

청나라 말기 청명검을 둘러싼 강호들의 대결을 그린
스펙터클 무협 환타지

40

"

당대 최고의 문파인 무당파 마지막 무사 이모백은 푸른 여우에게
스승을 잃고 무림을 떠나기로 결심합니다. 평생 이룰 수 없는 사랑
으로 간직하고 있던 여무사 수련에게 자신의 보검 청명검을 맡기
지만 황족 철패륵에게 전하던 도중 도난을 당하고 맙니다. 청명검
을 되찾기 위한 혈투는 계속되고 마침내 이모백의 손에 다시 청명
검이 돌아옵니다. 검을 다시 찾은 기쁨도 잠시, 자신이 진정 원하는
것은 수련과 함께하는 삶이라는 것을 깨닫게 됩니다.

바람에 흔들리는 대나무의 소리를 들으며 수련과 마주 앉은
이모백은 수련의 손을 자신의 손바닥으로 감싸며 말합니다.
주먹을 쥐고 있으면 아무것도 없지만
손바닥을 펴면 모든 것을 다 쥘 수 있는 법이라고요.
욕심의 손으로 자신의 것을 꼭 쥐고 있으면
그 이상을 얻을 수 없습니다.
태양을 품는 꽃처럼 쥐고 있던 손을 활짝 펴보세요.

"

영화 '파이트 클럽' 중에서

맞붙어 싸워봐야
자신이 누구인지
알 수 있어!

파이트 클럽(1999)
감독_데이빗 핀처
출연_브래드 피트(테일러), 에드워드 노튼(나레이터)

인간의 감춰진 폭력에 대한 본능을 끄집어낸
철학을 품은 액션 하드코어

"

자동차 회사를 다니는 나레이터는 일상의 무료함으로 엉뚱한 상상 속에 빠져들곤 하는 평범하지만 소심한 회사원입니다. 어느 날, 출장길 비행기 안에서 거친 성격의 테일러를 만나게 되고, 그를 만난 후부터 조금씩 이상한 일이 벌어지기 시작합니다.

자신이 살던 아파트에서 갑작스럽게 폭발사고가 나면서 오갈 데 없어진 나레이터는 테일러와 함께 살기 시작합니다. 나레이터는 자신과 상반된 성격의 테일러에 점점 동화되고 그의 깊은 곳에 숨겨져 있는 본능을 깨우게 됩니다.

갑자기 자신을 때려달라고 하는 테일러의 부탁에 망설이는 나레이터. 테일러는 맞붙어 싸워봐야 자신이 누구인지 알 수 있다며 그를 부추깁니다. 이 일을 계기로 자기 자신의 솔직한 모습을 마주할 수 있게 된 나레이터는 진정한 자아를 찾게 됩니다.

이 세상에서 가장 힘든 싸움은 자기 자신과의 싸움입니다.
왜곡하지 않고 자신의 실체를 파악하는 것,
그것이 가장 힘든 숙제인 듯싶습니다.

"

네 잘못이 아니야!

굿 윌 헌팅(1997)
감독_구스 반 산트
출연_로빈 윌리엄스(숀), 맷 데이먼(윌)

제멋대로 살아가던 천재 청년이 인생의 등대와 같은 교수를 만나 상처를 치유하게 되는 힐링 드라마

빈민가에 거주하면서 매사추세츠공과대학 청소부로 일하는 윌 헌팅은 뛰어난 두뇌를 가진 문제아입니다. 교수들도 어려워하는 문제를 쉽게 풀어내는 윌의 천재성을 발견한 제랄드 교수는 그를 눈여겨봅니다. 제랄드 교수는 폭력죄로 감옥에 수감될 위기에 처해 있는 윌의 보석금을 내주며, 학업 공부와 정신과 치료를 조건으로 내세웁니다.

천재인 그에게 공부는 쉽지만 정신과 상담은 어렵기만 합니다.

반항하는 그를 감당하지 못한 몇 명의 의사가 윌과의 상담을 포기하게 되고, 마지막 보루로 숀 교수를 만나게 되죠.

숀은 다른 의사들과 달리 자신의 상처를 먼저 보여주며 윌에게 다가갑니다. 그렇게 조금씩 열린 마음으로 윌은 누구에게도 하지 못했던 이야기를 합니다. 알콜 중독자 양부에게 학대를 당한 일, 부모에게 버림 받은 일.

힘겨워 하는 윌을 보며 숀은 단 한마디의 말을 건넵니다.

"너의 잘못이 아니야."

이 말 한마디가 오래도록 따스한 포옹이 되어 줍니다.

영화 '이보다 더 좋을 순 없다' 중에서

당신은
나를 더 나은 사람이
되고 싶게 해요!

이보다 더 좋을 순 없다(1997)
감독_제임스 L. 브룩스
출연_잭 니콜슨(멜빈), 헬렌 헌트(캐롤)

강박증 증세가 있는 괴팍한 로맨스 작가의 소설 같은
사랑, 그리고 게이 이웃사촌과의 우정 나누기

거리를 걸을 때면 보도블록의 선을 피해 요상하게 걷는 이 남자, 식당에서는 언제나 똑같은 테이블에 앉아 자신이 가지고 온 나이프와 포크만을 고집하는 이 남자, 강박증 증세를 보이는 이 남자, 멜빈은 보기와는 다르게 로맨틱한 사랑 이야기를 쓰는 로맨스 소설 작가입니다. 그의 별난 행동을 받아주는 이는 아픈 아들을 혼자 키우고 있는 웨이트리스 캐롤밖에 없죠. 이웃에 사는 게이 화가 사이먼을 끔찍이도 싫어하는 그가 다친 사이먼을 대신해 강아지를 맡게 되면서 얼음장 같은 심장이 조금씩 녹기 시작합니다.

캐롤과의 사랑도 조심스럽게 시작한 그는 작가답게 로맨틱한 말로 자신의 마음을 전합니다.
"당신은 내가 더 좋은 남자가 되고 싶게 만들었소."
누군가를 좋아하게 되면 자신을 더 꾸미게 되고
더 멋진 사람이 되고 싶어집니다.
그리고 그만큼 자신을 더욱 사랑하게 되는
것 같습니다.

아들아,
인생은 정말
아름다운 것이란다!

인생은 아름다워(1997)
감독 _ 로베르토 베니니
출연 _ 로베르토 베니니(귀도), 니콜레타 브라스치(도라)

2차 세계대전 독일의 유대인 말살정책으로 수용소에
끌려간 한 아버지의 유쾌하고 가슴 시린 가족 지키기

48

이탈리아계 유대인 귀도는 초등학교 교사 도라를 만나 사랑에 빠지게 되고, 귀여운 아들 조슈아를 얻게 됩니다. 행복한 나날을 보내던 어느 날 독일의 유대인 말살정책으로 귀도의 가족들은 수용소에 끌려가게 됩니다. 수를 헤아릴 수 없는 유대인들이 가스실에서 사라져가는 끔찍한 상황에서도 귀도는 조슈아에게 모든 상황이 신나는 게임이라고 선의의 거짓말을 합니다.
1,000점을 가장 먼저 따는 사람에게 탱크를 준다는 이야기로 아들을 달래면서 말입니다.

아슬아슬한 위기를 넘기며 탈출을 시도하다가 독일군에 발각된 귀도는 사살되는 순간에도 코믹한 표정으로 아들을 안심시킵니다. 어른이 된 조슈아는 아버지의 희생으로 자신이 살아남았다는 걸 알게 되고, 아버지의 마지막 말을 가슴속에 새기며 하루하루를 소중하게 살아갑니다. 어떤 절망의 상황에서도 인생은 정말 아름다운 것이라고요.

모든 것은 끝이 있어.
그래서 시간이
더욱 소중하게
느껴지는 거야!

비포 선라이즈(1995)
감독_리처드 링클레이터
출연_에단 호크(제시), 줄리 델피(셀린)

유럽 횡단 열차에서 운명처럼 만난 미국 청년과
프랑스 여대생의 단 하루 동안의 꿈같은 로맨스

예기치 못한 만남, 짧은 순간에 느낀 사랑,
그렇기에 더욱 불안한 미래.
깊어지는 밤의 끝자락을 잡고 유람선을 탄 셀린과 제시는
곧 다가올 이별을 예감하면서도 말로 표현하지 못합니다.
제시가 담담하게 친구의 이야기를 꺼냅니다.
아이가 태어나는 순간에 "이 애도 언젠가는 죽겠지"라고 생각했
던 친구의 이야기는 모든 시간의 존재 속에 시작과 끝이라는 피할
수 없는 진실이 있음을 알려줍니다.

탄생이 있으면 죽음이 있고, 만남이 있으면 헤어짐이 있고,
시작이 있으면 끝이 있습니다. 하지만 죽음이 있기에
삶에 대한 절실함이 더 커지고,
이별을 하기에 만남이 더 신중해집니다.
영원할 수 없기에 지금 이 순간이 더 소중한지도
모르겠습니다.

희망한다, 희망한다, 태평양이 꿈속처럼 푸르기를

쇼생크 탈출(1994)
감독_프랭크 다라본트
출연_팀 로빈스(앤디), 모건 프리먼(레드)

아내를 살해했다는 누명을 쓰고 교도소에 수감된
한 회계사의 자유를 찾기 위한 20년간의 사투

자유는 마치 공기와 같아서 누리고 있을 때는 그 소중함을 알지 못합니다. 하지만 박탈당했을 때는 그 어떤 것보다 고통스러운 것이 바로 자유입니다. 누명을 쓰고 교도소에 수감된 앤디 또한 그러했습니다. 자신의 의지로는 화장실조차 갈 수 없는 교도소 생활을 하면서 비로소 자유의 소중함을 알게 됩니다. 그리고 자유를 되찾기 위해 치밀하게 탈출을 계획합니다.

자유라는 희망을 품고 20년간 준비한 결과, 탈출에 성공한 앤디. 그가 탈출하고 한참 후, 가석방된 노인 레드도 앤디를 찾아 태평양 해변 지와타네호로 향합니다. 태평양으로 향하며 그는 자유인으로서의 흥분을 감추지 못합니다. 태평양의 바다가 꿈속처럼 푸르기를 희망하며 진정한 자유를 찾아 달립니다. 그렇게 그들이 재회한 태평양은 레드의 꿈속에서 그리던 바다보다 더 푸릅니다.

누구에게나 자신이 꿈꾸는 태평양이 있습니다.
암흑의 긴 터널을 지나 끝내 이루어낸 현실의 그곳은
자신이 그리던 꿈속보다 더욱 푸를 것이라고
확신합니다.

영화 '포레스트 검프' 중에서

인생은
초콜릿 상자와
같은 거란다.

포레스트 검프(1994)
감독_로버트 저메키스
출연_톰 행크스(포레스트 검프)

아이큐 75의 지능을 가진 포레스트의 지금에
최선을 다하는 아름다운 인생 여정

지능이 낮고 다리까지 불편한 포레스트 검프는 남들보다 많이 갖지 못했지만 주어진 상황에 언제나 충실합니다.

악동들의 장난에 쫓기며 자신도 모르게 쌓여간 달리기 실력으로 미식축구 선수로 활약하는 한편, 전쟁터에서는 전우를 구한 영웅이 됩니다. "탁구공에서 눈을 떼지 말라"는 코치의 말을 실천한 그는 국가대표로 뽑혀 금메달까지 따게 되죠.

한 가지에 몰두하는 바보 같은 그의 우직함은 의외의 성공을 만들어 냅니다.

포레스트처럼 '지금'에 몰입하는 것은 의외로 어려운 일입니다.

하지만 그는 "인생은 초콜릿 상자와 같다"는 엄마의 말을 매순간 떠올렸습니다. 상자에서 좋아하는 초콜릿을 먼저 먹고 나면 그 다음에는 싫어하는 초콜릿을 먹게 될 것이고, 싫어하는 초콜릿을 먼저 먹으면 그 다음에는 좋아하는 초콜릿을 먹을 수 있겠지요.

인생도 마찬가지입니다.

지금 조금 쓴 맛을 보고 있다면
그 다음에는 달콤한 초콜릿이
기다리고 있을 것입니다.

실수해서 발이
엉키기 시작했다면,
당신은 지금 탱고를
시작한 겁니다!

여인의 향기(1992)
감독_마틴 브레스트
출연_알 파치노(슬레드), 크리스 오도넬(찰리)

괴팍한 성격의 맹인 퇴역 장교와 하버드를 목표로
하는 모범생의 나이를 초월한 우정 공식

한치 앞도 보이지 않는 어둠 속에 살면서도 맹인
퇴역 장교 슬레드는 누구보다 인생을 즐기며 삽니다.
탱고를 잘 추는 그는 어느 날 우연히 만난 한 여인에게
춤을 신청합니다. 하지만 그녀는 생전 처음 춰보는 탱고라 실수할
까 두려워하며 망설이게 되죠. 그런 그녀에게 그는 '스텝이 엉키는
실수가 바로 탱고의 시작'이라며 용기를 줍니다.
그의 말에 용기를 낸 그녀는 생애 첫 탱고를 멋지게 해냅니다.

무언가를 시작하는 데는 항상 두려움이 앞섭니다.
한치 앞도 예상할 수 없는 낯섦과 두려움으로 시작도 못하고
휘청거릴 때가 있죠. 겨우 시작된 일이라도 작은 실수 하나에
절망하고 쉽게 좌절하기도 합니다. 하지만 처음 하는 일이라면
미숙한 것이 당연합니다.
어렵게 용기를 내어 시작한 일에 실수 하나로 절망하지 마세요.
그런 절망이 있어서 인생의 가치는 더욱 높아질 것이고,
그것이 바로 우리의 위대함이니까요.

영화 '죽은 시인의 사회' 중에서

카르페디엠!
지금 이 순간을
즐겨라!

죽은 시인의 사회(1989)
감독_피터 위어
출연_로빈 윌리엄스(키팅), 로버트 숀 레너드(닐)

미래에 대한 불안함으로 현재를 살지 못하는 억압받는 학생들 앞에 나타난 스승의 진정한 가르침

보수적인 명문 고등학교에 조금 별난 영어 선생님 키팅이 부임해옵니다. 책상 위에 올라가 멋대로 강의를 하고, 자신을 선생님이 아닌 캡틴이라고 부르라는 키팅이, 규율의 틀에서 인형처럼 살아오던 아이들에게는 낯설기만 합니다.
아지트에 아이들을 데려온 키팅은 학교의 규율을 피해 자신의 꿈을 위해 살았던 선배들의 사진을 보여주며 말합니다.
"카르페디엠!"

누군가에 의한 걸음이 아니라 자신의 걸음을 걷고, 누가 뭐라고 하든 현재의 순간에 충실하라는 이 메시지는 아이들에게 영감을 주고 그들의 인생을 특별하게 만듭니다. 진정한 삶에 눈 뜨게 된 아이들은 자신이 진짜 원하는 것을 발견하고 꿈을 찾아가게 됩니다.

미래를 위해서 현재를 버리고 살았던 이 아이들처럼 미래에 대한 불안함으로 현재를 즐기지 못하는 것은 아닐까 반성하게 됩니다.
지금 이 순간이 켜켜이 쌓여 미래가 되는 것입니다.
당신은 이 순간을 즐기고 있나요?

넌 유죄야!
인생을 낭비한 죄!

빠삐용(1973)
감독_프랭크린 J. 샤프너
출연_스티브 맥퀸(빠삐용), 더스틴 호프만(드가)

누명을 쓰고 악명 높은 형무소에 수감된 종신수의
자유를 향한 끝없는 탈출기

남미 프랑스령의 기아나는 가혹한 강제 노동은 물론, 죄수들을 인간 이하로 취급하는 악명이 높은 형무소입니다. 이곳에 살인죄로 누명을 쓰고 수감된 종신수 빠삐용은 힘든 교도소 생활을 견디며 하루하루 살아갑니다. 아무도 탈옥 같은 건 꿈도 꾸지 못하는 이 형무소에서 빠삐용은 과감히 탈옥을 시도합니다. 하지만 결국 실패로 돌아가고 빠삐용은 그 대가로 독방에 갇히게 됩니다.

독방에서 생활하던 어느 날, 그는 꿈을 꾸게 됩니다.
끝없이 모래가 펼쳐져 있는 사막의 끝에서 재판관이 자신을 심판하기 위해 기다리고 있습니다. 살인죄는 누명이라고 증언하는 빠삐용에게 재판관은 다른 죄를 판결합니다.
인생을 낭비한 죄가 더 크다고 말입니다.
만약 인생을 낭비한 게 죄가 된다면,
당신은 유죄입니까? 무죄입니까?

내일은
내일의 태양이
떠오를 거야!

바람과 함께 사라지다(1939)
감독_빅터 플레밍
출연_클락 게이블(레트), 비비안 리(스칼렛)

남북전쟁이라는 무참한 폭풍에도 굴하지 않고 강인
하게 살아가는 한 여인의 파란만장한 인생 이야기

66

조지아주 타라 농장의 장녀 스칼렛은 빼어난 미모로 뭇남성들의 사랑을 받는 당당한 여성입니다. 어려서부터 오직 애슐리만 바라보던 스칼렛은 그가 사촌 멜라니와 결혼하게 되자 홧김에 결혼을 합니다. 하지만 첫 번째 남편은 전쟁에서 전사하고, 타라 농장을 구하기 위해 결혼한 두 번째 남편도 총을 맞고 사망합니다. 돈 많은 레트의 구애에 세 번째 결혼을 하지만 낙마 사고로 딸을 잃게 되자 레트마저도 그녀를 떠납니다. 레트가 떠난 후에야 그를 향한 사랑을 깨닫게 된 스칼렛은 커다란 슬픔에 빠지게 됩니다.

하지만 그녀는 주저앉지 않습니다. 그를 이대로 보낼 수 없다며 다시 돌아오게 할 방법을 궁리합니다. 그리고 대지를 붉게 물들이는 석양을 보며 "내일은 내일의 태양이 반드시 떠오른다"고 희망을 다짐합니다. 어떤 힘든 상황에 닥치더라도 희망은 있습니다. 정답이 없는 난관에 처해 있더라도, 이 또한 지나갈 것이고, 찬란한 태양은 반드시 떠오르게 될 테니까요.

99

마음이 따뜻해지는 **영화 속 명대사**

Hug 허그

발행일 2013년 10월 20일 초판 1쇄 발행
발행인 이종업
발행처 한국표준협회미디어
출판등록 2004년 12월 23일(제2009-26.호)
주소 서울 금천구 가산디지털1로 145
　　　에이스하이엔드타워3차 11층
전화 (02)2624-0360
팩시밀리 (02)2624-0369
이메일 book@ksamedia.co.kr

ISBN 978-89-92264-62-4 03800

정가 3,500원